KB033531

나는 천천히 죽어갈 소녀가 필요하다

이소연

시인의 말

혼자이면서 둘이고
둘이면서 혼자를 잊지 않는 것

네가 나를 빠져나가도
나는 선명하고 온전하다.

그러나 증표처럼 내가 있을게.

2020년 2월
이소연

나는 천천히 죽어갈 소녀가 필요하다

차례

4부 독점

해설

1부

철

철

나는 여섯 살에
철조망에 걸려 찢어진 뺨을 가졌다

철을 왜 바다 가까이 두었을까?

눈을 감고 바다를 들으려고
바람을 따라갔다
피가 나는 뺨을 받아왔다

아무도 나를 병원에 데려가지 않았다
잠을 잤다 할머니 무릎을 베고
지린내가 심장까지 따라왔다

철을 왜 바다 가까이 둘까?
그 둔중한 말을 왜

그땐 왜 눈을 감지 않았을까?
무얼 가지려고

갈라지는 물
다시 아무는 물
꿰매지 못한 뺨

철을 바다 가까이 두는 게 더는 이상하지 않았다

철 2

주머니 속에는 뒤집혀진 세상과
아직 터지지 않은 수류탄이 담겨 있다

환호성이 터질 것이다

폭격으로 무너진 건물을
테이블 앞에 두고
포크로 죽은 고기를 찍어 먹는다
뭔가를 버리고 돌아온 얼굴로
천천히 버려질 얼굴과

이 어리숙한 계절을
본 적 없는 사람처럼 마주 본다

대관람차 안에서는 구름의 속도를 배우기 좋고
굴레를 깨닫고도 벗어나지 않는 건
세상을 조금씩 위나 아래로 옮겨 놓고 싶은 것
그러나 올라탄 자리는 강제로 문이 열리는 자리

너도 나처럼 끄집어내질 거야

새의 발자국을 따라 서늘한 해골이 발굴되는 일을
유적이라 부르며 택시를 잡아탄다

백미러에 매달린 십자가가 흔들린다
종교란 언제나 흔들리는 곳에 임하지
신이 불쌍해진다면
손쓸 수 없는 곳에 가지 않을 핑계가 없기 때문일 것이다

말이 되기도 전에 부서져버린 목소리

“어떻게 아무렇지도 않게 평화를 이야기하지?”

유람선이 떠다니는 해변에서
포는 지겹도록 표적을 겨누고 있지만 발포되지 않는다

철 3

들판에 쭈그리고 앉아 똥을 싸는 또래의 항문을 본 적이 있다
허물을 벗듯 똥이 그 애를 벗어나는 것 같았다

그 애는 힘을 주었다
얼굴이 붉어지도록

내게도 접어놓은 항문이 있어
얼굴이 붉어졌다

침대 위에 벗어놓은 바지가 있다
허물없이 말하는 사람도 있다

"너는 좋겠다. 얼굴이 하얘서"

수빅에서 만난 Jay는 그 애가 다 자란 모습 같고
나는 자꾸만 그 애의 지옥을 착취한다

그 애가 내게서 좋은 점만을 발라 내 접시 위에 올린다

땅속에서 발라진 철을 보듯

삽자루 끝에 달린 철을 본다

모든 생각은 철이 퍼낸 것이다

철이 빠져나온다

생각이 떠난다

Silence

벽으로부터 깨닫는

Silence

다른, 모든 가능성을 억누르고 살아남은

나는 알지 못한다

죽어간다

Jay를 말하면 Jay가

거짓말 한가운데 깃발이 출렁인다 우리는
오로지 의지만으로 더럽혀질 수 있다

철 4

나무를 분질러 들고 공터를 누리던 아이들은
철모를 꼭 한 번 써보고 싶어 했다
영웅이 철모 안에 머리를 둔다고 배웠다고
우리가 흉내 낸 말들 중에는
교각을 폭파하라는 수신음이 있었다
하나의 건물에서 여럿의 사람들
아직도 걸어나온다

온전한 것은 환상이다

포가 서 있는 바다
거기 파도를 닮은 사람이 있었지
지금은 저녁이 내리는 거기

방치한 것들에게로 돌아가라
나를 먼 곳으로 오게 하는 마지막 눈꺼풀처럼
너무 캄캄한 길모퉁이
우리의 죄가 파헤쳐지고 있다

지난 시절의 모든 죄가 건물 아래 묻혀 있었노라
얼굴을 들라
너의 죄를 사하노라
우리가 듣는 것은 신의 음성이 아니다

눈을 감고 걸어 들어간 곳에서
머리에 돌을 맞았다
어떤 바다는 흔들어 깨워도 눈을 뜨지 못하지

바다를 들으려고 어둠을 모아 온 저녁
피 묻은 돌멩이들이 불빛 속으로 뛰어든다

철 5

터미널 뒤에서는 몸을 팔 수도 있다
곧 떠나는 사람들이 깜박하고 놓고 갈 수 있는 옛날
슬픔은 왜 썩지 아니하고 상품이 되었나

철 기둥이 떠받치고 있던 상점 안에서
백인 남자 셋이 맥주를 마실 때
지붕 위로 내리던 것은 하늘이 아니라 전선들이었다
벌어진 허공에 드러난 전선들
몸 밖의 핏줄처럼 아파 보인다
안에 있던 것들이 꺼내질 때 우리는 위태롭다고 느낀다
나는 돈이 든 지갑을 가장 깊은 주머니에 찔러 넣는 버릇이 있다
그러나 건물 밖에 빨래를 너는 사람들은 오늘의 해를 내일로 넘겨주는 사람들

해변의 골목, 무너짐과 단담함을 움켜쥐고 녹이 슨다
사람을 살리겠다던 사람들은
한 명도 남아 있지 않고

깃발만이 물 밖의 물고기처럼 팔딱인다

소녀가 혼자 낳은 아이들은 함대만 한 유람선 밑에서
장딴지의 핏줄이 파래지도록 물장구를 친다
마을과 이어진 골짜기에서 쏟아져 나온 엄청난 비늘들
모자를 쓴 마을 전체가 주일마다 수군거린다
"과거는 끝났다 미래밖에 없다"

백사장엔 최후를 팔아서 삶을 연명하는 사람들로 가득하고
떠난 남자의 아이들이 몰려다닌다

철 6

"아저씨는 저 굴뚝이 무섭지 않으세요?"

전쟁이 나면 제일 먼저 저 굴뚝이 있는 곳에 미사일이 떨어질 거래요
얼마 전에는 구두닦이 아저씨를 보았어요
후크 선장도 아니면서
날카로운 갈고리 팔을 가졌던데
왜 그걸 부러워하면 엄마에게 혼이 날까요?

아저씨 포탄을 쪼개야 해요
그게 다 철이거든요
철을 녹이면 쓸모가 많아진대요
우리 동네 사람들은 모두 철을 끓이다 죽었어요
저희 아버지도 그렇게 죽었거든요
제철소 일을 마치고 돌아온 아버지가 술에 취해 말했죠

"살아 있으라, 그러면 너희는 영웅이 될 것이다!"

중대장이 한 말이래요
그 말을 수없이 되풀이했어요
아버지를 이끌고 이 도시를 멸망케 한 말이죠

망자들은 더 이상 망가질 게 없어서 천국에서 산다

이미 찢어진 것들은
다시 찢어지지 않는다
길고 긴 아침이 올 것이다

영웅의 눈 코 입은 썩지 않는다
이 세계의 피가 다 빠져나갈 때까지
콘크리트에 박혀 있을 것이다

고단한 몸을 처음 내린 자리에
미래의 폐허를 세워두려고

철 7

한 무리의 거위인지 오리인지 모를 것들이
웅덩이가 나올 때까지 콘크리트 바닥을
울며 걷는다

그 울음은 희고 흰 핏빛

웅덩이가 없어서 계속 걷는다는 슬픔이
꿈이 없어서 계속 자던 나의 슬픔을 깨운다

잠이라는 건 걸어서 들어갔다 걸어서 나오는 긴 터널 같아
하루 종일 침대에 누워서도 발이 아팠다

잠 속에선 피를 쏟지 않으니
죽음이 죽음을 거느리고 있다는 것을 모른다

뿌리 들린 나무의 심정으로
하늘을 우러러

한 점 사랑도 남기지 않기를

발목에 붕대를 감았다
금 간 벽마다 이끼가 자랐다

*「철」 연작 일곱 편은 나미나의 전시 <Sun Cruises>에 협업하기 위해 썼다.

살얼음

어제는 그가 날 죽이려고 했지
그제는 신장을 팔아 날 살리겠다고 했고

받아쓰기와 양치질을 시키면서 아이 없는 삶을 빌다가도
아이가 반짝 코 고는 소리를 붙잡다 잠에 빠지면 사라질까 겁이 났다

올올 엉켜오는 요통의 밤엔
쑥돌로 배를 지져야만 살 수가 있었다

한 코 두 코 뜨개질을 했던 겨울이 다시 왔고
수술 날짜가 가까워졌다

저녁에 찾은 생각들은 입이 없었다
습관처럼 혼자 남은 방에선 다리털을 뽑았다
아무리 반복해도 항상 뜻밖의 아픔이 있다

선반에 둔 양파는 곰팡이도 없이 물큰해진다
양파는 썩으면서 새순을 틔운다
그가 부엌에서 가져온 건 양파 같은 어둠이었다
무른 껍질을 한 겹씩 벗겨내고 다시 환해지는

비타민을 챙기는 게 곧 사랑이라고 했다
내장기관이 하나씩 망가져 가니, 먹는 것마저 챙겨
주는 원수가 생겼다
바람이 부는 날엔 나를 산 채로 파묻을 거라던데
그런 말을 들으면 사랑이 땅속에 있는 것 같고
나는 매일 언 땅에서 태어난다
세상 모든 게 살얼음이다

한강

거기선 아무도 새들의 안부를 묻지 않았다

물을 좋아하는 사람들은 몰려다니며 바지에 흙을 묻혔다
스무 살의 한강에선 좀 더러운 일이 많았지
따귀를 처음 맞았고 목을 졸렸다
고환을 걷어차고 얼굴에 침을 뱉었다

콩콩콩 뛰는 걸 보면
작고 푸른 곤충 같아
나를 죽이려던 사람이 맞을까?

되로 받고 말로 주는 일은 더러운 일이어서
나는 자주 손을 씻었다

신호등은 나만 보면 빨간불
사람들은 나만 보면 화를 내
나는 왜 때리는 놈만 만날까?

새의 안부가 궁금하다

삶이 잠깐 멈춘다

사과 썩는 냄새가 났다
바다에 살던 고기가 강에 와서 죽어 있다

언젠가 내가 버린 것들이 생각나서
그게 깜박하고 다시 내게로 돌아올까 봐
애인의 낡은 벨트가 물뱀처럼 돌아오거나
커다란 손바닥이 강가를 치며 돌아올까 봐

바다를 미리 보고 슬퍼하는
나는 조금 운다

연필

정수리부터 갈아 넣지 않으면
어떤 말은 영원한 비밀이 되곤 했다

말 할수록 죽는 사람이 있다면
아무도 받아 적지 않아서일까?

작은 평수의 임대주택을 생각하면
혼자 울고 있는 부엌과 화장실 문을 마주 보는 식탁과
여자를 닮은 연필이 있다

굴러다닐수록 함부로 쓰였다
누구도 그 말을 듣지 못했다
지하에서 꺼내온 말은 자주 지워졌다

정수리를 찧으며 수명을 읽는다
오래도록

머리가 벗겨지고

뇌가 갈리고
입이 사라진다

하지만 사랑하리라
기필코 사랑하리라

오래전
편지의 쓰고 지운 자국을 읽으려 애쓴 적이 있다

뾰족해지고 싶다는 건
다시 살아보고 싶다는 것

생각이 몽땅해진다
비밀이 더러워졌다

공책

몸을 더럽히지 않으면
죽을 때까지 볼 수 없었다

가볍고 싶다
사과 껍질 같은 말만 남았다

종전까지 우리가 감싸고 있던 것에 대해서 말문이 막힌다
펼쳐진 공책
어떻게 둥근 것들은 이렇게 납작해질 수 있을까

쟁반처럼 누워 바닥에 귀를 붙였다
들려온 말과 이해하는 말 사이 벽이 흔들렸다
지상에 어울리지 않았으므로

무슨 말을 하더라도 닮아가는 사람만은
사랑하리라

물집이 잡히고
사마귀가 돋고
털이 빠진다

너의 질병을
만져 보리라

잠적한 고백
주인을 모르는 발자국처럼 복원되지 않았다

심장 속에서 사과를 꺼내 깎아 내겠다는 것
어쩌면 식어버린 첫발

마음이 납작해진다
내가 주려던 건 이게 아니다

솔직한 돼지

우리는 듣던 것과 달리 먹을 것을 탐하지 않죠
당신이 탐하는 모든 것을 탐하지 않기로 했거든요
두려움 없이 더 많은 것을 보고 싶어요
태어날 때부터 꼭지 많은 몸을 가진 게 맘에 들어요
하나쯤 잃어버려도 낙담하지 않을래요
집단적으로 꼬리를 잘렸습니다
질금질금 고통이 샙니다 덤불에 묻은 피 냄새
그래요, 아주 사라지지 않는 건 죄악이에요
남은 몸뚱이야말로 질병이죠
기어코 남겨질 겁니다

그때 방광이 꽉 차서 아무 데다 오줌 누며 안 것이 있어요
무지와 어둠을 가늠하면서 남쪽 보리바람을 맡을 수 있음을
세상에서 가장 오래된 색채가 저 달밤임을
아무리 입어도 해지지 않는 털가죽을 가지고 있음을

한때 우리는 죽은 자를 저승으로 데려다주는 일을 했다는데

삶을 잉크 한 방울로 처분하는 일은 편치 않은 일이어서 두 발로 서는 일을 관두었다는데

왜 네 발이냐 물을 때마다 찢어지기 직전의 벽보 같은 얼굴로 먹고사는 일이 먼저란 말을 자주 했다는데

요즘 돼지들은 힘을 냅니다

가끔 울음을 들쳐 업고 호숫가를 달립니다 그래요

콧구멍은 아무것도 숨길 생각이 없습니다

이제는 아무도 감추는 일을 교양 있는 것으로 생각하지 않아요

솔직히, 별로잖아요

아침이 온다고 말하지 마세요

아침 같은 건 눈을 뜨기 위해 마련한 거지

당신은 입만 살아서 좋은 말은 다 하려고 하네요

퍼즐놀이

솔직한 것은 당신과 나 사이에 끼어 있네요
이 사이에 낀 고춧가루처럼
갑자기 불어나는 것은 손대지 못하는 민망함 같은 거죠

사랑하는 사람과는
자지도 않았어요
엊그젠 문을 닫고 딜도를 고르는 나무를 봤을 뿐

나무는 솔직하죠
그 앞에 앉아 있느라 나는
조금 더 비좁아지고
거동이 불편해집니다

나무가 아름다운 건
솔직히 언제나 혼자이지만 혼자인 적 없기 때문인데요
저녁을 먹자는 나무에게
금방 이른 저녁을 먹었다고 얘기하는 나무와
다시 저녁이 되는 나무 중에 누가 더 아름다울까요?

솔직함은 너무 복잡해요
상처받은 나무들의 퍼즐, 여름은 그래서
잎사귀로 하늘마저 가리죠
나무들의 텅 빈 오후, 얼룩무늬로 조각내면
금과 금이 남지만 색채를 얻어요
금 간 부분을 진실이라 부를래요

색채만으로 아름다운 친구
나는 솔직한 게 싫지만 그것이 퍼즐놀이라면
거짓말은 하지 않을 거예요

고장 난 사람과 의자

하루 종일 누워만 있었다
빗소리가 곁에 와도
그림책으로 얼굴을 내미는 아이가 와도
의지는 더 물렁해진다
생각은 당신과 함께 많은 곳을 다녔지만
우리는 의자에서 만나 의자에서 헤어지고
포옹마저 앉아서 했지
명치 밑에 삼각형이 생긴지도 모르고
그림자는 혀를 길게 늘어트렸다
헐떡거리고 있는
그을음 뭉치가 회복이란 말이 아닐까
그러니 저 그을음 먹지 않고 사는 사람이란 없다지

우리는 의자를 두고 다니지만
세상의 모든 의자는 우리를 들고 다녔지
의자엔 누굴 앉혀도 예의가 되지
의자란 말은 예쁘지 않아
커피숍을 가면 꼭 두 개씩 의자가 남고

그럴 땐 가방도 의자가 필요하다고 입을 벌렸지
다섯 일행이 새로 들어와
우리 옆 테이블에 앉으려 할 때
그중 한 사람이 묻는다
"의자를 빌려가도 되겠습니까?"
"얼마든지요."
고장 난 사람들이 득실거리는 동네 북카페
시계를 보면 늘 5분씩 빨랐다
지긋지긋하구나!
글쎄, 나는 항거하는 자세로 누워 있다
별별 의자 같은 나방들이
잠든 새의 눈에 빨대를 꽂는다

흰 집

몸이 더 자랄 수 없도록
움츠려 올린 어깨들,
심장도 신장도 메말라가지
급기야 소화가 잘 안 된다
시달리고 있다
균형 잡힌 저 드레스의 자세야말로 재앙이다

재앙을
새하얀 양이라고 말하는 자가 있었다
천만불짜리 웨딩드레스는 매일매일 알프스를 넘는 꿈을 꿀까
욱신거리는 흉터와 멍은 신경 쓰지 않는다
우리는 초대받은 파티에서 환영받지 못했다

친친 휘감기는 몸들이 있어
뼛속까지 타들어가는 한시적인 황홀
드레스는 뒤꿈치에서 피가 새는지도 모른다

죽음 없이 지나가는 날이 없다고 거미가 흰 집을 짓는다

나의 여름과 당신의 수염

수련은 여름으로 말해요 구름은 수염으로 말해요
나는 밤의 공기 속에서 술렁이는 잡목 숲을 걷고 있는데요
세상 물을 흐려놓았다고 누가 가래침을 뱉어요
입에서 입으로 나는 흩어지고 있네요
소문은 너무나 많은 신발을 가졌으므로 쉽게 들길을 건너요
두서없이 말머리를 자른 스물네 시간이 악몽인가 봐요
밑동 잘린 나무들이 침묵하지 말라고 해요
내겐 용기가 필요해요 분노의 세계가 필요해요
더 이상 귀를 막지는 않을래요 나는 짓밟히지도
표정과 말투를 침해받지도 않고 싶어요
나는 환부를 드러낸 수련, 물별이 물별을 밀고 가듯
빗줄기가 빗소리를 안고 가듯 젖어도 젖지 않는
수련이고 싶어요 쥐처럼 부패를 숨기는 구름은
등 돌린 나를 치정으로 몰아가요 비뚤어진 하늘
비뚤어진 지평선과 건물들, 나는 서서 잠드는 법을 연구해요

나는 어디로 가야 합니까? 차마 꽃이 되지 못한 멍들이

심장 귀퉁이를 자꾸만 허무네요 분노라는 말을 생각할 때마다

귀에서 피가 흘러요 교각에서 투신하는 말들이 나를 불러요

그러나 나는 기어코 당신의 죄를 그 잘난 수염 아래 파묻으려 해요

그리고 빙산처럼 단단해지렵니다

사파의 여인

우리는 아이를 업고 물건을 팔러 다녀요
다시 태어나기 위해 우리는 발바닥에 운명을 맡기죠

바구니와 한 몸이 되었군요
걸음을 가지고 논 적이 언제인지
기억나지 않아요
두건을 쓴 허기는
옥수수와 양의 젖으로 짠 치즈를 가득 지고
고산지대로 되돌아가요

젖병과 물과 하늘 사이에서
산양 털 냄새를 맡고요
기분을 들키고 싶지 않을 때
나는 우산을 펴고 돌처럼 조용해집니다

오늘도 가난 앞에서
소리 지르지 않는 산양

불과 재

몸을 둘러싸고 있는 죄를 닦아내요

이 세상에 먼저 와봤던 운명이
여인으로 다시 태어나는
이 세상 모든 것이 다 잠든 밤
여인은 제 피로 옷을 짜고
작은 발과 작은 손을 가지고서
입술과 몸이 부서지도록 일만 해도
가장 오래 살아남는 소금이 되어요

초록의 폭력

아무 데서나 펼쳐지는 초록을 지날 때
머리에서 발끝까지
어떤 감정이 치밀어 오르는지

초록은 왜 허락 없이 돋아나는가

귀가 없으므로

초록은 명령한다
초록은 힘이 세다

초록에 동의한 적 없습니다
초록을 거절합니다
초록이 싫습니다
합의하의 초록이 아닙니다

"문란하구나"

누구에게 하는 말입니까?

“초록을 싫어하는 인간은 없다”

나를 떠메고 가는 바람이 없다는 것을 알아챈 오후
웃음을 열었다가 닫는다

툭, 불거지는 질문처럼
아, 내가 지나치게 피를 많이 가지고 있었구나

우유를 마시며

친구와 나는 아무도 없는 논두렁에서 할아버지를
만났다
오줌이 안 나와
여기를 좀 만져주련?
더운 바람이 이삭을 훑어댄다
여름이 살을 만지려 달려나온다
만져주렴 곤봉처럼 잡고
그래 그래
오줌이 나올 것 같구나
도와주렴
조금만
조금만 더

바람이 불어온다

질퍽한 배설물에 발이 빠진 젖소처럼
우리 안을 돌고 돌아서
나는 태어났다

그늘막 아래 젖소들이 지푸라기를 씹어 만든 우유는
죄지은 자들이 입고 다니는 새하얀 옷 같았다

나는 바람의 혼잣말도 알아듣는 아이로 자랐다

"쉿"
손가락이 두툼했다

우리는 도망치며 도마뱀처럼 숨을 쉬었다

똑같은 말을 반복하던
젖소목장 방구 오빠는 물에 빠져 죽었다
장례식장에서
손주를 잃은 그를 만났다
그도 슬픔을 아는구나

똑같지만 똑같지 않은 나의 길을 걸어
오늘은 엄마에게

젓소집 할아버지가 바로 그라고 말한다

2부

밑

밑

나는 천천히 죽어갈 소녀가 필요하다

품이 큰 잠옷을 입고 강가로 간다
쉽게 찢어지고 쉽게 갈라지고 쉽게
입을 다무는 물속 세상으로 들어간다

소녀는 나로 살기 위해
가랑이 밑에서
햇빛 좋아하는 사자使者를 부른다

저 물 밑 세상으로 건너가고픈 마음이
몸을 입는다
강물은 빛을 집어먹으며
그늘을 지배하고 있다

물 밖 어둠이 멀다
종탑의 종소리
어깻죽지 위에 걸쳐 입은 밤은 물빛으로 사라지고

죽기 직전의 소녀는
강물이 움켜쥔 그것이
자신의 속옷임을
한눈에 알아본다

없지도 있지도 않은 세상이, 밑에 있다
밑은 이토록 낮은 곳에 있어
물 위에서 일렁이는 검은 얼굴이
물 밑에 있다고 쓴다,
흘러가고, 흘러가고, 하나의 그림자가 번져간다

알약들의 왈츠

복용지침서를 무시한다는 건
살고 싶다는 걸까 죽고 싶다는 걸까
약을 먹이려고 하면 우는 아이 앞에는
여섯 시간마다 사막이 펼쳐진다

소분된 알약은 하루치의 발자국 같아서
사라지길 좋아하고
글씨들은 자리를 바꾸다 실수를 저지른다
수지 아니면 지수가 새처럼 무관한 봄볕을 끌어안고
부드러운 목소리로 왈츠를 가르친다

사람들은 내 위로 잠이 쏟아졌다고 한다
분명, 춤을 따라 췄는데

왈츠,
이게 혹시 잘못 지은 약이라면
아이가 뒤바뀌듯 남의 약을 집어온 거라면
시름시름 앓다가 죽을까 봐

나는 자꾸 약을 아낀다
먹지 못한 약이 남아 있어도
나는 호전되고

증상이 다른 사람이 내 약을 대신 먹고 죽는다
이것은 세상의 모든 약사를 사랑하던 사람이 해준 이야기

요즘 약사들은 처방전 없이는 약을 짓지 않지만
우리는 왜 우리가 남긴 걸 떠맡기는지
내가 버려두고 온 자리에서 여전히 왈츠를 추고 있는
지구 위로 잠이 쏟아져 내린다

기념일 전날

그래요 주차 다툼은 늘 있어요 새 차를 뽑은 뒤부터
당신은 장수풍뎅이처럼 주차장을 날아다녔죠
꽃잎을 향해 달려가는 꽃씨에서
죽음을 보듯 당신은 반들거리는 딱지날개에서 흠집 하나를 발견합니다

주차된 사람끼리 미워하기 좋은 구조, 복도식 의심, 나란한 문과 문
모이고 흩어지고 대체 어디로 가는 거야? 당신이 물을 때
이 끝에서 저 끝으로 사라지는 것은 바퀴 자국이라 말했죠
나는 마가목과 산초를 구분할 줄 알고
당신은 마가목과 산초의 쓰임만 알죠
오늘도 주차요원은 이면도로 안쪽에서 노란딱지를 붙이고
가로수들은 몸뚱이만 남긴 채, 머리부터 제 발등 위로 떨어집니다

세상은 부수적인 가지치기만을 좋아해요
실뜨기를 좋아하는 나는
먼 곳에 있는 언니를 만나기 위해
나도 조금 멀리 떠나 있다고 편지를 써요

당신은 식물도감이 있는 숲으로 나를 데려다줄 거래요
아이와 함께 그곳에서 안녕한 언니를
만나요 우리는 그물 침대에 앉아
검은 것들이 어떻게 희미해지는지 눈꺼풀을 질끈
감아요 당신은 매일 태어나고 매일 사라져주는 나의 거주민
조각상만큼 무거워진 아이가 앞서 걸어요 저만치
장수풍뎅이가 나타났다 곧 사라질 겁니다

나를 기포의 방에

작은 물방울 하나가 부드럽다고 말하는 건
내 귀를 놀라게 하는 일

오아시스의 이마는
속눈썹이 길어 둥근 파문의 힘으로 뭉쳐 있다
숨 가쁜 낙타의 눈을 닮은 오아시스
일평생 축축한 파랑으로 웃기만 했다

사막에서의 갈증은 이빨 없는 모래바람이고
오아시스는 사막의 거울이라
그 표면에는 피로회복을 짓는 수풀과
발목만 벗어놓고 간 빗방울이 산다

나는 깊고 먼 눈빛으로
빳빳하게 치켜 올라가는 신기루를 본다
눈곱 잔뜩 낀 낙타가 침묵의 길을 끊어 내듯
오아시스 바깥은 꽃도 피지 않는다고
내 몸의 바깥에 서 있는 어둠들이 들끓는다

오늘도 나를 해독 못 하는 사막은
위험한 경계의 마음마저 들키지 않는다
초식동물의 해골로 빚어진 나는
나를 기포의 방 속에 가둔다
윤기 잃은 털들의 밤이 내생을 비춘다

나의 아름다운 벽 속에서

여기 나의 아름다운 벽이 있어
그대 속눈썹이 빛나는 그곳에 악기점이 있는 것처럼
불면을 들쳐 업은 소음은 즐거운 노래
쓰레기 매립지를 떠도는 중금속의 먼지로 배를 채울래
나는 벽과 벽이 만든 모서리
딱딱하게 자라나 내게 노래가 되어주는 그대는
나로부터 가장 가까운 벽의 기척들

그러니까 오늘은 지평선 저편으로 차들이 두런두런 교차하는 사거리를 밀고, 오래 묵은 담배 냄새가 피어나는 벤치를 밀고, 괄호로 치장한 장미들의 이상한 향기를 밀고, 별의 이빨들이 숨어 살고 있는 쥐들의 구멍을 밀고 밀어서

나는 내 속의 나침반을 잃어버렸지
환청에 시달리는 차도는 몸이 지쳐 녹아내렸지만

어둠을 그냥그냥 모자이크 처리하는 꿈을 꾸네
나의 아름다운 벽 속에서 그대
날개를 꿈꾸는 화석이 되었네

나의 겨울 사과

딱 한 알,
겨울이 낳은 뺨의 사과
아까운 너를 그저 잘 닦아 내려놓는다

입술을 벌리는 순간
칼을 드는 순간
너는 사라질 준비를 한다
없는 귀퉁이를 만들고
없는 껍질을 만들어
귀퉁이부터
껍질부터
사라져가겠지

그냥 궁금해하지도 말자
그런 사과는
명심해
입도 뻥끗하지 마

눈발, 지붕 밟는 소리가 나는 저녁 여섯 시
'한 발자국씩만 날 떠나줘'라고 바람은 말하지

테이블 위에 올려진 앙다문 입술처럼
단호하지만
천천히
그렇게 이별은 정물로만 살다 가는 이야기가 된다

캔버스 속으로
사각사각 들어가는 것은
눈 내리는 날

보폭 좁은 걸음처럼
떠나는 나의 겨울 사과
그러지 말고 한입 베어 물까?
이빨 자국에서 벌거벗은 빛이 나올 테니까
빛이 있어야 우리가 알던 사과지
이별은 빨갛게 사라진다고 말해도

한입만 딱 한입만

안녕

우리는 사라지고 있어 수증기처럼

숨소리가 하나씩 모자라서

짠물에 씻겨나가는 몽돌은 자꾸만 받침이 둥글어진다

사라진 숨 한 조각 어디로 갔을까?

명치끝엔 손톱만 한 물고기

지느러미를 타고 넘는 물처럼

손에 잡히지 않는

안녕

물 위를 걷는 도마뱀; 빗방울

빗방울이 물 위로 떨어지는 순간의 무늬를 기억한다
나는, 보름째 빈집,
물고기와 새를 찢고 내장을 훔치고 싶다

꼴깍, 침 한 모금 삼키고
가장 낮고 부끄러운 발바닥을 펼쳐봐
발가락과 발가락 사이
수면이 탱탱하게 부풀어 오를 때까지

1초에 스무 걸음씩 미련이 사라지네
그렇게 너를 건너왔다 나는
내가 그렇게 우스워 우스꽝스러워 웃겨
휘젓는 발목을 가진 정오의 소나기를 좋아하니?

허약한 날개를 입 속으로 집어넣기 위해
물 위를 달린다

하필 너는 내 등이 비워진 것을 봤구나?

나는 결국 빗방울, 그 허방의 힘으로 미끄러지는 소리

밟고 온 물길을 뒤돌아보지만, 저편의 기억은 하나도 없다

네가 잊히지 않는 말

털실에 묻어 있는 얼룩을 털어내듯이
털실로 겨울을 감아 건조대에 널어두듯이
너의 젖은 손을 잡고
꼬인 길을 들여다볼래
수십 바퀴를 돌아온 말과 말 사이를 풀어볼 테야
그러면 나는 모퉁이를 돌아온 바다를 보게 될까?
어쩌면 내가 흘린 버찌씨 하나가
너의 손목에 단추 구멍을 내고 있을까?

꿈에서 나를 피하다가 잠 속으로 감겨오는 털실
아무래도 나는 목화나무 그늘 아래선
눈이 감기고 네가 나를 감고 있었지
내 고백은 너의 말투를 따라 감고 감기네
나는 또 다른 실패로 옮겨 가기도 하였지
또 다른 요람을 꿈꾸는 볼록해진 손등엔
눈발을 기다리는 너의 손가락 지문이 묻어 있었네

네가 일을 하러 간다는 네 시쯤부터

나는 기차를 타고 있었어
기차의 속도는 직선 위의 모든 것들을
일목요연하게 만들지
나는 이제 치아로 웃지 말아야지 생각해

바다가 내게 달려와 한 움큼씩 집어간 것은
보내도 떠나지 못하는 사랑이야
나는 사랑이 어디로 가서 어떻게 사라지는지 생각해

그러나 내 발목 밑엔 실밥 뭉치 같은 포말들이
발가락 사이에 지근거리는 모래를 끼워넣고 있었지
여전히 나는, 털실이 건너편 털실을 끌어와 직조되듯이
네 윗입술과 아랫입술을 돌아나오는 말을
한 코 두 코 잡아 걸고 있었지

동그란 힘

1

나는 사혈부항을 뜨다 분꽃을 생각한다

내 어깨 위에서 피어나고 있는 분꽃
피의 기억 속에서 산발한 머리끄덩이를 잡아당기는 동그란 힘을 느끼며
그렇게 수술 길게 빼물다 꽃잎 틔웠던 분꽃치마를 생각한다

흩어져 사라졌다고 생각했던 소리들이
부항 안에 고이기 시작한다

경로당을 나오는 노인의 소매에 묻은 어스름
저녁을 끌고 가 둥지 채우는 박새 소리
그 박새 소리에 기울어지는 초승달
인주못을 일렁이게 하는 카누부의 노 젓는 소리
툇마루 마른 때들이 기지개 켜는 소리
땅거미가 밀어내는 그런 소리들이

내 아름다운 귓바퀴를 촉촉하게 적셔놓던
나의 분꽃 귀걸이 살랑이는 듯

오래된 낡은 소리들이 피처럼 고여 든다

2

씨앗 껍질을 벗기면서 나는 화단에 묻었던 나를 분꽃으로 이해한다 까만 씨앗들이 꽃을 피우고 나는 그 꽃으로 들어가 꽃씨를 절벽으로 떠미는 계절이 되지만, 내가 기른 건 분꽃이 아니라 소리를 모으는 씨앗 틈만 나면 제 안쪽을 부항 뜨는 시간으로 귀 기울이는 씨앗 그 동그란 힘

절제술

나는 나쁜 피로 살아갈 사람, 너를 제거한 날로부터
한주먹의 용기만이 나의 이름을 불렀다
줄줄이 연루된 문장을 예방하기 위해
나는 습관적으로 양배추를 찜통에 찌고 된장을 볶았다

벼락처럼 무너지는 것과
번개처럼 녹는 것을 차례로 떠올리는 밤이 있었다
낮에 아는 사람과 만나 헤어지고
밤에는 안색이 나빠져 오지 않는 잠을 청했다

거울을 보며 처진 입꼬리를 낫으로 쳐냈다
나는 긍정적이다 부정적으로
책 속에서 혼자 번진 글자가 아름답구나
주름살은 자꾸만 허공을 움켜쥐려 할 것이고
고막은 여름내 녹슬어가는 방울 소리를 들을 것이다

불빛은 나를 입었다가 벗었다 하는 야행을 잊어가겠지

뇌태교의 기원

은빛 잠을 수집하는 뇌의 바깥에는 조용한 산책과 쇼팽의 음악이 있습니다 나는 이 세계의 관념으로 머리카락이 자라는 시간을 좋아해요 덩달아 창을 물어뜯는 별자리의 감성을, 나무 위에 앉은 곤줄박이의 감정을, 마당 앞의 바위의 감상을 좋아해요

그때 뇌는 주글주글한 감성과 지성을 가공하고요 나는 뜨개질 가게를 드나들기 시작합니다 바늘코에 걸린 실 한 가닥으로 일요일 붉은 공화국에 대해 점을 치는 거죠

그러나 굴뚝이 아름다운 공장지대로 출근하는 남편의 뒷모습을 보는 것은 피해야 해요 뇌는 풍경을 쪽쪽 빨아먹고 조금씩 단단해지거든요 참 연한 아메리카노 한잔을 마시면 뇌가 더디게 어제의 풍경을 음미할지도 몰라요

뇌를 호두알로 생각하면 위험해요 뇌는 오 분간의 육류를 꼭꼭 씹는 것을 황홀해해요 하지만 나는 핏줄과 신경, 눈 코 입을 위해 십 분간의 채식을 하지요 식물성은 아이

의 성격과 눈동자의 색까지 결정하니까요

나는 감상적인 욕조 속에서 돌고래들의 꿈을 꾸고, 뱃속의 아이는 벌써 뇌태교의 기원을 생각하는지 양수를 동동 차네요

3부

키스

키스

너는 노을을 그리고자 했으나 나는 새를 그렸다

너는 언덕을 그리고자 했으나 나는 나무를 그렸다

너는 튤립을 그리고자 했으나 나는 꽃병을 그렸다

너는 아무르 강가를 그리고자 했으나 나는 기타를 그렸다

너는 머리카락에 달라붙은 하늘을 그리고자 했으나 나는 카시오페아를 그렸다

너는 불 꺼진 도시를 그리고자 했으나 나는 수도원의 작은 촛불을 그렸다

너는 먼지를 뒤집어쓴 신호등을 그리고자 했으나 나는 건너기 싫은 횡단보도를 그렸다

너는 뛰어가는 다리를 그리고자 했으나 나는 서 있는 다리를 그렸다

너는 침낭 속에 시집을 그리고자 했으나 나는 구리공장의 정원을 그렸다

우리는 우리를 친친 감았다가 풀고 또 감고

나는 아무 데도 가지 않고 숨 가쁜 바닷가에서 폭삭 저물고 싶었다

사춘기

아버지의 일과는 술 취한 동사자를 치우며 시작되었다
나와 친구들은 삽이랑 양동이를 들고 나가
지붕 밑에 눈사람을 퍼 담았다
갈기처럼 휘날리는 눈송이들
멈출 마음이 없었다

죽은 정원에서 고드름이 자라났다
겨울은 짐승을 죽여 만든 목도리처럼 풍성해졌다
서로를 찔러도 피가 나지 않았다

아버지는 어머니를 치우며 하루를 시작했다

생일선물로 받은 물소가죽가방을 열어 보았다
지퍼를 잠글 때마다 손목이 잘릴지도 모른다고 생각했다
가방 안엔 털장갑이 있었지만
따뜻해서 꺼낼 수 없었다

손등이 붉어졌다
얼얼한 달덩이만이 나와 함께 겨울을 났다

신발 사이즈와 속옷 사이즈는 더 이상 자라지 않았다

규모도 없이 나는 늙어가기 시작했다

눈먼 치정

피 터지도록 싸우고
발바닥공원을 지나는데
사이사이 놓여 있는 빈 벤치들
숲속도서관은 문이 닫혔고
야외무대의 음악회마저 무기한 연기된
발바닥과 발바닥이 번갈아 기록하는
별 볼 일 없는 산책

한 번 속고 또 속고
권태에 빠진 일상은 도도하지만

나는 기어코 동사무소엘 간다
혼인신고 출생신고 전입신고도 했으니 남편도 신고해 볼까 하고

말 하나가 가슴에 창을 내고, 그 창에 화염이 어릴 때,
불구덩이 속에서 새도 죽고 구더기도 죽는 순간
나도 죽었는데

욕지거리하며 문밖으로 나간 그림자만 살아 있다
나는 그림자마저 산 채로 묻어버릴 거다

늘상 중얼거리는, 나무 뒤편에서 낄낄거리는 꽃잎들이
불쾌하다
팔다리 뒤엉키는 이 터무니없는 간격을 왜 그리도 사랑했을까
이혼서류에 들어앉은 참새 소리는 너무나 밝고

작은 연못의 물결 세우고 건너는 물뱀의
무늬들이 화난 얼굴의 나를 사분대다 놓쳐버릴 때
나는 조금 전 알았던 것을 까먹는다
그러면 마음은, 언제 또 좋은 생활이 올 것인가 생각하겠지

쿠마리*의 역사

검은 강, 검은 거울, 검은 귀신이 파놓은 무덤이
예를 다해 나를 마신다
붉은 피는 흐르면서 몸을 씻어주지만
검은 피는 내 몸에 고여서 어느 눈먼 귀신의 바깥으로
살아간다

나는 오래된 신들에게 반쯤 먹힌 샤카족의 여자아이,
이마에 티카의 눈동자를 눈부시게 그려놓고
타레주의 언어를 모두 이해하는 시간이 올 때까지
나는 이 생에 없는 것들의 안부를 묻거나 그 누구도
만질 수 없는 여신의 생각을 평서문의 일기로 기록했다
그 덕에 나는 쓸모없는 것들과 친해지는 법을 배웠고, 아
주 가끔 우물 밑에 두고 온 백골의 영靈으로 쿠마리의 역
사를 기록했다

오후 네 시, 나는 오 분간 열리는 세상의 창문 앞에 서
서 궁리한다
얼마나 많은 귀신들의 밀어를 검은 눈동자 속에 담아

낼 수 있을지

먼 후일엔 내 작은 몸이 비눗방울같이 떠올라 날아갈 수 있을지

아직 태어나지 않은 연기의 불꽃으로 저녁의 묘비가 빛날 수 있을지

내 죄를 대신 저지른 여자아이들이 하나씩 별똥별로 건너가는 밤, 나는 비명이 새어나가지 않도록 아랫입술을 깨물고, 차가운 신의 말을 몸 위로 눕히는 쿠마리가 되었다 소와 돼지와 양과 닭의 머리 냄새에 취해, 죽은 이들의 환멸을 담는 검은 항아리가 되는 꿈을 꾸었다

* Kumari, 지상에 환생한 살아 있는 여신을 뜻한다. 네팔에는 특정 소녀에게 쿠마리의 지위를 부여하는 문화가 있다. 쿠마리로 뽑힌 여자아이는 초경을 하기 전까지 카트만두의 궁전에서 갇혀 지낸다.

없는 줄 알았지

내 화분들처럼

나는 생각이 없어서
치욕이 없어서
빗속엔 비가
번데기엔 날개가

없는 줄 알았지

내 집엔 나 말곤 아무도 없는 줄 알았지
나는 발가벗고 밀대를 밀며 춤을 추었지
그러나 누군가 나를 훔쳐보고 있었어

아무도 보지 않는다고 믿을 때
여전히 비는 비의 어깨에 젖고
번데기 안에서는 하늘이 꼬깃꼬깃 접히는 거지

너는 내가 가진 게 아무것도 없는 줄 알 거야

쭉정이고 생선 가시이고
빈 접시이고, 거품이고, 굴뚝인

내 화분들처럼

그러나 나는 생각이 없어서
개념이 없어서
생활계획표를 결혼사진 밑에 걸어두었지

너는 내게 초침으로 깎아놓은 연필 몇 자루와
서랍이 없어 생각이 넓은 책상과
카페에서 바꿔 들고 온 파란 가방이 있다는 것도
그러나 소지품들은 모조리 그대로라는 것도 알지
못하지

싸리나무 잎과 줄기를 달여 먹고 있어, 나는
방충망에 고인 청개구리의 울음소릴 모아두었어
그리고 무엇보다

빈 파이프가 있었지
너는 모르고 있을 테지만
내겐 이보다 근사한 것들이 몇 개는 더 있어
이를테면 사막여우가 주고 간 라이터 같은 것

하지만, 들키기 전까지 콧노래를 부르며 나는 춤을 출 거야
밀대처럼

접시는 둥글고 저녁은 비리고

저녁 여섯 시 의자의 그림자가 짧아지면 접시의 식사가 시작된다
작은 접시들은 한꺼번에 몰려온다

접시는 입을 쩌억 벌리기 위해서 존재한다
할머니로부터 엄마로부터 나로부터 접시는 존재한다

식탁 위에는 접시들이 많아 조금은 재미나고
조금은 단순해진다 그러나 접시는 한 가지의 표정을 가진다
깨끗한 접시일수록 입술이 많고
자주 더럽혀진 접시가 가진 거라곤 깨끗한 죽음밖에 없다

빨강 노랑 파프리카 담긴 접시를 접시가 먹는다

명랑하게 텅 비어 있는 접시들이 떠오른다고 생각

하면
　빨강 노랑 입들이 만드는 주방의 세계가 궁금해진다

　토마토스파게티 냄새 위로 치즈가 녹을 때,
　그러니까 얇디얇은 접시의 테두리를 감싸줄 때
　나는 떨어지기 직전의 접시를 만난다

　접시는 둥글고 저녁은 비리고 그러나 나는 접시를 뒤집어쓰고

　얼굴을 가진 접시를 먹는다, 저녁 식탁은 접시를 이해할 수 없고

　내겐 다물어지지 않는 입이 필요하다

테이블

이 호수는 허구한 날 나를 불러 자기 앞에 앉힌다

"왜 자꾸 불러내"
가장자리로 떠밀려온 것들은 모두
호숫가 벤치처럼 앉아 있다
마음 한 귀퉁이 털어내고 싶어서
물결 진 얼굴을 하고 땅콩 껍질을 바스러트린다
맥주를 따르면서

이 호수는 일어설 수가 없다
대답하지 않는다
그냥 내뱉는 말들마다 잉어 지느러미를 달아
수면 아래로 지나가게 한다
"앤 늙지도 않나 봐"
이 호수는 나이 든 남자의 불거진 뼈를 보여줄 때가
있다
환풍구가 없는데
고인 냄새가 자꾸만 사라졌다

두근거린다와 두려워하다가 서로 다른 온도에서 변질되듯이
이 호수 앞에서는 조금씩 다르게 말하고
아주 다르게 듣는다

환기가 안 되는 곳에서도 오염되지 않는 건
너무 오래되어서 새것 같은 단어 몇 개뿐일 거야

내가 만난 호수는 모든 말이 선명하게
흐려져서 좋다
후회하는 싸움들도 좋다

나는 오로지 팔꿈치를 적시려고
당신을 불러다 시를 쓴다

포개진 빈 화분

화분은 잠시 벗어둔 것들을 생각한다

동그란 구멍을 휘감던 뿌리의 힘이
지나간 물의 허기를 빨아올린다
유리창을 데우고 들어오는 햇살의 각도에 대해
밤과 낮을 빚어 잎그늘을 넓히고 있는 고무나무에 대해

그러나 너무 낮은 천장과
더 이상 자라지 않는 분재들의 불행에 대해
자꾸만 비 그친 햇살 쪽으로 발목을 접지르던 뿌리에 대해

명랑한 잎사귀와 줄기가 그늘의 눈초리를 피해
소파 뒤에 걸린 풀밭 위의 점심 식사 속으로 걸어 들어간다
꽃밭에 박힌 동공 속으로 미끄러지고 싶어
꽃이 지고 향기가 날린다

갇혀 있는 뿌리 둥글게 망가지는 소리가 들린다

활과 무사

무사는 촉과 오늬를 생각하며 생죽生竹을 깎는다
활시위를 팽팽히 당기는 손맛은 직선의 힘이다
화살은 물고기 영법인데
겨누고 있는 찰나가 둥근 과녁을 펼쳐낸다

죽는 순간까지 명궁을 꿈꾸는 무사
화살을 쏠 순간부터 과녁은 무사의 피안에 서 있다
복숭아나무로 에워싼 무사의 집
불멸의 무명無名활이 있고 태양을 삼켜버린 촉이 있다

활은 팽팽함이다 날숨과 들숨 사이에서 약간의 결의가 필요하다
무사는 복사꽃잎을 과녁 삼아 또 한나절 동안 활시위를 당긴다

활은 무사의 운명을 다스리는 힘을 지녔다
활을 떠난 촉은 운명이 정한 길도 마다 않고 과녁의

명중만을 생각한다
무사에게 쉽게 길들지 않는 활은 짐승이었으리라
그러나 어느 먼 산중턱에서 무사는
제 몸에 깃든 활의 원주율을 생각하듯이
곡선으로 휘어져나갈 직선의 힘을 화살의 깃털로
가늠해본다

오늘도 무사는 복사꽃 그늘에 박혀 활의 생각에
젖었고
활이 내면을 길들이는 짐승이라고 믿게 되었다

늑골이 빛나는 발레교습소

발레리나는 한 송이 꽃 그림자 혹은
공중을 뚫는 탄력의 샘이 되어야만 했다
오늘도 그 작은 근육들의 신경은 잠들지 못했다
피와 살은 세상에서 가장 배고픈 입이 되고
실내화 한 켤레는 근사한 손과 발이
가장 흉측한 아름다움이 될 것이라고 했다

백조를 흉내 내고 있는 음악은
몸짓이야말로
침묵의 가면을 쓰고 있는 예술이라고 말했다

그러니까 침묵의 압도를 한번 겪어 보기로 하자
돌연 근육들이 가볍다고
근육들이 만든 시간만은 무겁다고
신경은 한 방울의 물기를 없애기 위하여
육체를 파먹는 새가 되었다
너무 환하지도 너무 어둡지도 않는
빛 덩어리가 되었다

그림자의 무희를 감싸는 곡선이 되었다

물구나무서기를 좋아하는 나는
큰 거울 앞에서 다리를 한껏 쭉 뻗어본다
무대에 초대받은 특별한 저녁이 오듯
또 다른 내가 나를 엿보듯
우아함으로 빚어진 꽃잎의 세계를 펼쳐본다
발레교습소 늑골이 빛나는 한낮이다

날씨

우산도 마스크도 챙기지 못했다
긴급재난문자를 받고
아무렇게나 죽어도 상관없다고 생각한다

벽에서 녹물이 떨어지는 지하 식당
한 주먹의 쌈을 입 속으로 밀어 넣는다
입술 주름을 끝도 없이 접는다
날씨 얘기나 하다가 폭삭 늙어버려야지
구부정한 의자를 밀어 넣고 턱 빠진 낮달처럼 숨어버려야지

미세먼지 매우 나쁨
나는 피가 너무 찐득해서 물을 마신다

정확한 수치로 사람을 미워할 수 있다면

흔들리는 미루나무의 뿌리처럼
개의치 않고 사랑할 것이다

창밖에 흙탕물이 튀고 있다

폐허라는 미래

- Angeles City 1

(채널 1 영상_Left 사운드)

그는 폭력을 기다린다

세상을 유리창처럼 깨트리고 지나가는 골목을

한 사람, 한 사람을 절벽으로 세워 놓는 폭우를

뿌리째 흔들리는 것은 목숨이 아니다

거미줄에 걸린 나뭇잎은 비를 맞는다

죽음 바깥에서 살아남은

Jeff

죽은 거죽을 세고, 씨앗을 타고 온 봄 앞에서 웃는다

문 없는 저녁
- Angeles City 2

(채널 2 영상_Right 사운드)

Angchelica는 조심조심 걸었다

곳곳에서 꽃이 폭파하니까

흘려보낸 표정들은 알아보기 힘들었다

썩은 과일 향이 나는 골목

가릴 곳만 가린 불빛이

저녁과 새벽 사이로 모여든다

헤프게 흩날리는 것은

국기를 든 자들에겐 모든 것이 투쟁으로 보인다

몸에 멍이 든다

영혼에 파랑 물이 들어 줄줄이 꿰인다

매일을 견디지 못해 죽고 싶은 달 같다

그가 본 것은

뻥 뚫린 벽

웃음이 아니라 절망이다

그냥 바라만 봐야 하는 폐허만이 현재다

흩어진 것은 지평선으로 가는 새떼밖에 없다

국적 외엔 가리고 싶은 것들이 많았다

오랫동안 비를 맞고 서 있는 창밖은 커튼을 치면 그만이다

오래 씹으면 여전히 달았을 오징어와 위스키

테이블 위에 그대로다

혹은 지붕

이국의 사물함

거기, 빗물이 스몄다

폐허도 얼음 뒤의 맑음으로 녹아내린다

국적불명의 문명이 활개 치는 야경은

독재자의 오르골에서 나온 것처럼 유한하다

그의 손아귀에서 태엽이 감기면

치워지지 않는다

늙은 술꾼이 쓰다듬던 내일과 함께

사랑을 모르는 아이의 머리카락만이 잘 자랐다

발목 없는 비가 오는 밤

음란하지 않는 것들이 없다

박제된 올빼미는 죽어서도 젖은 눈을 뜬다

문 뒤의 모든 것들이 음악이 되어 풀려난다

지구는 그가 태어나기 전부터 돌고 돌았지만

아직도 제자리를 찾지 못했다

등 뒤에 내려놓을 수건을 잃고

아주 오래된 술래가 된다

아무도 기억하지 않는

Jeff는 모른다

Jeff는 얼음공주의 가는 발목에서 음악이 나온다고 믿는다

나비와 새는 공중을 날지도 못하고

땅에 내려앉지도 못하는 세상에 닿아 있다

태양이 세 번이나 바뀌었지만

겁 많은 사람들 때문에

골목은 어느새 주인을 알아보지 못한다

그들의 팔에 매달려 있는 나라,

이국의 광고들로 번들거린다

Angchelica는 모르고 싶다

Angchelica는 고개를 떨군다

Jeff는 금속성을 좋아하고 구멍 난 가슴을 좋아하고

구멍을 읽어내는 목소리를 아름답다 말한다

제발 살려만 주세요

제발 잠 좀 자게 해주세요

우리는 국가 없는 사람이 아니에요

아니 국기만 있고 국가 없는 사람이 맞아요

적에게 발이 묶여 본국에서 썩은 나무 취급을 받았어요

우리는 난파된 사람, 아니 묘지 없는 무덤이랍니다

성냥불처럼 켜졌다가 꺼지는 밤이 이토록 단단해서

Angchelica의 발잔등엔 걸음을 옭아맨 새들이 있다

밧줄을 뜯어내는 새의 울음을 노래라고 말한다

살아남은 자의 슬픔은 잊을래요

잠은 초록 속에 숨어 있는걸요

눈물밖에 피워낼 게 없더군요

그림자가 상처인걸요

저녁이 온통 푸를 때였어요

영원히 낡아가는 것들을 생각했어요

벽을 더럽히는 생을 살고 있어요

아, 우리의 처음은 어디일까요? 저 국경의 끝

아니면 저 총구의 끝, 우리는 가만히 있었는데

불쑥, 사이렌 소리, 한낮엔 아무것도 들리지 않았다

오르골은 멈추고

* 폐허라는 미래(채널1 영상_Left 사운드).

헛간에 숨은 개가 되고 있었나요?

먼지투성이의 삶을 살았어요

가난한 집엔 별이 모여 이야기를 듣고 있었거든요

기름을 구하러 간 어머니가 돌아오지 않는 저녁이었어요

까만 눈을 들어 문 없는 저녁을 오래도록 바라보자

새들이 떨어져 내렸다

* 문 없는 저녁(채널 2 영상_Right 사운드).

* 두 시는 한 행씩 번갈아 낭송된다.

후기

- Angeles City 3

발자국이 길을 내고 있군요
발자국은 서로 다른 표정으로
꽃을 밟고 가네요

여름 속의 양철집, 독립할 수 없는 미래에
소나기 소리만 여전히 소집당하고 있군요

분쟁이 무엇인지도 모른 채
나무는 하늘로 편입되었죠
길이 끝나는 곳에 마을이 있었지만
잘라도 아프지 않은 나무만이 서 있었어요

풀은 상처 하나 입지 않고
햇빛을 벗고 놀고 있더군요
땅 밑이 썩어가는 줄도 모르고 아이들은
시간을 공처럼 굴리고 놀았지요

싱싱한 등나무 넝쿨이 있었지만

보랏빛은 쉽게 부서져 내렸어요

이건 집이고 저건 나무이고 저건 돌멩이인데
'그'는 '그'가 아니에요

뭉개진 꽃잎은 발자국 같은 목소리를 가졌어요

여보세요……
하룻밤 자면 나귀 타고 누군가 떠나요
여보세요……
두 밤 자면 얼굴 없는 비가 골목을 지워요
여보세요……
세 밤 자면 한 줄로 날아가는 새들을 봐요
여보세요……
네 밤 자면 그들은 혀 잘린 꽃들이 자기인 줄 알아요

*「Angeles City」 연작 세 편은 나미나의 전시 <Angeles City>에 협업하기 위해 썼다.

4부

독점

수족관에 돌고래나 흰고래가 있다 그러면*

목 없는 수평선이 죽었겠지요

파도를 하얗게 밀어 넣는 해안가도 죽었겠지요
수족관의 불빛은 눈을 감지 못합니다
눈을 둥그렇게 뜬 아이가 솜사탕을 뜯네요

갇혀 있다는 것을 모르는 아이,
돌고래나 흰고래가 바다에 있다고 말하지 않죠
다만 바다를 케이크처럼 잘라 담아낼 수 있다고 생각합니다

바닥으로 가라앉는 것을 좋아하는 벨루
심해는 딱딱하다고 듣습니다
지느러미가 찢겨나갑니다

나 역시 땅속을 벗어나 지상 위로 올라오는 지하철을 타고
아주 잠깐 바깥을 봅니다 자유란 잘게 찢어 먹기 좋

습니다

흰고래 눈가에 있는 물결

잠도 사각형 꿈도 사각형 절망도 사각형이라고 말해요

물결은 눕고 싶은데

누울 자리가 없네요 잔잔하고 얇은 눈꺼풀

그래도 밝아요

조용히 밤이 오기를 기다리네요

밤이 오면

죽어

죽음 속에 눕는 지느러미가 되고 싶습니다

* "수족관에 돌고래나 흰고래가 있다 그러면 수족관에 가지 말아 달라." – JTBC, 최재천 교수의 인터뷰 중에서.

코뿔소의 조용한 날들 1

아직 어미 코뿔소의 몸이 썩지 않았을 때
나는 나를 이어주던 어미의 탯줄과
심장으로 전해 듣던 초원의 언어가 끊기는 줄 알았다
그러나 새벽은 푸르렀고
희끗한 나무 덤불의 꿈이 두 눈을 채 씻기기도 전에
나는 세상 밖으로 나오게 되었다

발굽을 일으켜 세워주는 풀잎, 풀잎들이
비틀거리는 내 그림자를 바투 끌어안고 있을 때
자궁 속에 맑게 고여 있던 양수의 빛들이
얼룩진 내 인중을 꾹꾹 누르고 있는 시간을 꺼낸다
눈두덩과 콧날에 반쯤 얼비치던 풍경들을 기억한다
더 컴컴한 데를 찾아 떠나가는 초원의 언어들과
그 햇빛과 그 하늘과 그 바람이 빛나려 할 때
나는 달리는 어미 코뿔소의 자궁 속에서
중력을 타고 비스듬히 오는 작은 공포를 맛봤다

그러나 직선으로 오는 죽음의 속도를 예감하지 못했다

간단명료하게 코뿔을 떼어낸 칼날의 침묵이
눈가에 맺힌 그것처럼 미끄러져 내려갈 때
어미 코뿔소가 더 이상 달리지 못해 털컹 주저앉을 때
나는 눈꺼풀을 질끈 감는 방법을 몰라!
내 눈은 희미한 빛의 심장이 내려앉는 것을 응시했다

나를 긋고 간 것들은 비릿하게 고인 피가 아니라
어미 코뿔소의 눈알마저 파버리고 간 어떤 미신이다

그렇게 어미 코뿔소의 오장육부가 해체되고 있을 때
내 눈을 적신 것은 조용히 흘러들어온 아침이었지만
머리털이 검은 나는 내가 살아 있음을,
내가 하나의 물이었을 때의 총명함을,
코뿔소의 조용한 날들이 무심코 나를 덮었음을,

코뿔소의 조용한 날들 2

마침내 코뿔의 상처가 아물어갈 무렵
생과 사의 시간을 생각한다

힘껏 발목을 구부리면서
나는 둥그렇게 뒷걸음치는 공포와 악몽이
내 실핏줄을 타고 희끗하게 흐르고 있음을

그러나 불면의 밤은 번개를 긋는 구름빛이다
순장된 별이 고여 있는 듯 아름답다
다시 아문 데가 벌어지고
그 상처 검게 마르기 전까지
한 번 더 날렵하게 악몽 속을 달려보기도 했다

난 분명 조약돌같이 죽어 있었는데
죽어 초원 한가운데서 새들의 저녁을 좇아 달리고 있었는데
어둑어둑 피 흘린 달이 내 코를 에워싸고만 있었는데
바싹 마른 지옥이

눈두덩 근처에 구더기만 한 눈곱을 만들고 있었는데

마취총에 죽었다가 다시 눈을 떴을 때

아직도 눈물이 남아 있었는지, 미끄러운 것이 조용히
불탄다

역삼각형의 검은 해골이 뻥 뚫린 좌우를 마주 볼 때

비통한 동공이 눈꺼풀을 잠그고 나는 더 어두워진다

수목장

목줄이 툭, 하고 풀렸다
흰 개는 발가락이 발자국에 다 젖도록 돌아오지 않았다
물 먹은 흰, 흰,
머리가 깨지지도 꼬리가 잘리지도 등이 터지지도 않았다
짙은 콧등은 여전히 촉촉했다

무겁게 늘어진 개를 안고 뒷산을 올랐다
구덩이를 팠다
거기 두꺼운 외투를 벗겨주는 햇빛이 있었다
털 많은 흰 개는 금세 어슬렁거리는 바람이 되었다
구덩이 속에 바람을 밀어 넣자 죽은 눈꺼풀이 열린다
나눠준 밤들을 거두어가려는 듯
심장을 열어볼 것 같은 눈동자
수첩을 찢어 가려주었다
죽은 자의 낯을 가리는 장례 풍습에 대해
저 소나무 밑으로 간 바람이 읊어주었다

그리고 세상에 울음이 남았다

어린 개는 정육점 앞뜰을 떠나지 못하고
봄눈 오는 밤 속에서 칭얼거렸다
그렇게 만들어진 구름들
물 먹은 흰, 흰,

뒷산에서 종이 한 장을 주웠다

누가 내가 묻은 흰 개를 파갔다
한참 개의 얼굴을 어루만지다
느닷없이 흙 위로 올라왔을 것이다
내가 적은 두 문장, 목줄에 묶인 듯
고스란했다

툭, 목줄이 풀렸다
달아나지 않았다

세상에서 고양이가 사라진다면*

고양이는 제 울음을 빚어 수염을 자라게 했다
귓속이 텅 빌까 봐 지붕 위에, 창가에, 골목에, 참새를 풀어놓기도 했다

발이 닿지 않는 공중을 두드리는 봄비도
사실은 고양이의 혼혈아
한번 쏟아진 것들은 냄새를 피우고 있었다
고양이 발톱을 꽃잎이라고 부르자
바구니는 화분이 되었다

고양이 생각에 젖으면 모든 것이 너그러워진다
무엇이든 용서할 수 있는 기분이 솟구친다
올 풀리기 시작하는 스웨터의 실로 남은
봄,
너무나 가벼워서 믿을 수 없는 봄,
세상에서 고양이가 사라진다면
나는 의자 옆을 생각할 수 없겠지
산책, 이런 건 빼앗기기 좋은 책 같겠지

그러니까 고양이는 나의 감정이고 기후이자 달력이다
도처에서 바람이 빳빳하게 자란다
고양이 바람이다

고양이 발자국으로 지붕을 만들고 싶은데
새와 구별되고 싶어 네 개의 다리로
공중을 갸우뚱하게 딛는 야생을 거부했다

털이 계속 자라니까, 난해한 나의 고양이
숙면을 위한 입 찢기를 자주 하는 버릇이 생겼다

* 나가이 아키라의 영화 제목.

나무밖에 없는 세계

더 이상 뜯어 먹을 것이 없을 때였다
서식지를 찾아 떠나는 코끼리 등에서
사슴 두 마리가 절망적으로 묻고 답했다

뭐가 보이니?
 나무
또 뭐가 보이니?
 나무

다른 건?
 껍질이 벗겨진 몸통이 보이지
 허기진 이빨 자국과 혓자국이 보이지
 까마귀 울음이 훑어간 하늘 아래
 흉터로 남은 푸른 반점이 있어

이젠 제발 다른 것을 봐
 너부터 해봐

외따로 앉아서 지평선을 바라보는
사자의 어깨뼈가 불룩 솟아올라 있어

그게 그렇게도 보이는구나!

다른 건 없나 보군
여긴 나무밖에 없는 세계니까

나의 아름다운 장대

트랙은 크고 깊은 웅덩이 같네
파워에이드 병이 한 모금씩 타들어가는 긴장을 마시네
나는 장대가 없다 장대는 나의 무릎일까
장대의 행방을 묻지 못했네

나는 침착해서 장대의 그림자만을 몸속에 구겨넣네
거기엔 높이의 높이의 높이가 있네
공중으로 힘껏 허리를 꺾는 긴팔원숭이야
내가 견뎌야 할 것은 높이가 아니라
장대가 없다는 사실, 온갖 길이의 장대
누가 막다른 벼랑처럼 장대를 던졌네
장대 없이도 바라본 저 높이의 수사
아무것도 없네 새를 꿈꾸는 노동만이 있네
바리케이드 검게 게워내는 한낮
나는 가까운 비웃음부터 머나먼 응원까지
탄자니아의 곤충들이 나를 때리는 느낌이랄까
겁에 질린 나는 순순히 장대를 들고 뒤돌아섰네
침을 뱉지도 않고 돌을 던지지도 않는

트랙 위에서 나의 아름다운 장대여
너는 왜 짧은 것이냐 모자란 것이냐
그러나 나의 쓸모는 분명히 있다는 거
나는 아직 허공에 닿지 않았네

손이 없다

빛이 한 짓인가
간판 하나 믿고 들어앉은 마음 쫓아내는 빛
지금 이 순간에도 검게 스러지는 빛이 있고
끝까지 가고 싶은 빛이 있다
다시 쫓아가는 빛

상점들은 이산화탄소를 내뿜는다
숨을 쉬려고 숨 좀 쉬자

무정히 벌목되는 것은 절망이 아니라 길,
발이 없는데 길이 있는가
걸을 수 있는가
그 어떤 발자국도 남길 수 없는 길
그러니까 양동이처럼 엎어진 마음이라
차례차례 '출입금지'
각목이 건물 입구에 있네
산산조각 날 것이 더 이상 없는데

떨어진 그림자들이 외투를 찾을 시간
앞을 삼킨 건물주는 이제 뒤도 삼킬 거야
밤과 새벽 사이, 존엄이란 말은 더 이상 쓰이지 않고
나는 가끔
평생을 모은 일상에서 잊힌다

아시다시피 하루하루
담력 없는 골목에서 나는 하루의 마지막 일초였다
이제는 초침처럼 버려지는 빗소리를
받아 씻을 손이 없다

독점

골목은 허물어지지 않습니다
골목은 가만히 있는데
그가 와서 기다립니다
한 방향으로만 쏟아지는 불빛
눈먼 날개들이 자주 창문에 와서 부딪쳐 죽습니다
밤이면 더 투명해지는
달은 더 이상 골목을 비추지 않습니다
심야식당에서 젓가락을 드는 사람의 위胃는
지금 아침입니까 저녁입니까
빗소리를 만져본 지 오래되었습니다
해를 본 지 오래되었습니다
창문을 내딛고 자라는 넝쿨장미가 얼마나 오래 매달리는지 구령을 붙여주지 못했습니다
밤이 되면 화장을 지우고 낯을 씻고 잠을 잡니다
밤이 되니까 하나만 가능합니다
그가 비튼 손목 끝에서 가스불은 아직도 타고 있습니다
개들이 그 냄새를 쫓아 뛰어다닌다고 합니다

내가 놓아준 잉어는 반듯한 수조가

너무 깨끗해서 뜬 눈으로 살고 있습니다

밤은 하나를 향한 아침이고

아침은 낮과 밤을 쪼개는 통로입니다

아침의 수도꼭지는 여러 개고

수압이 낮습니다

둘 다는 가질 수 없다는 말은 언제부터 시작된 걸까요

둘 중 하나도 가지지 못한 삶은 골목이 녹아내려도 끝나지 않네요

작은 빵집 옆에 큰 빵집이 들어섭니다

목 없는 마네킹

피부는 미끈거린다
목 없는 마네킹
더운 공기 내뿜지 않아서 좋았다
쇼윈도, 얼어붙은 풍경화, 화상 자국
계절이란 감정을 쉬지 않고 꺼내놓는다
스피커에서 고막이 흘러나온다
마구 흔들리는 것은 네온사인
먹지도 않고 자지도 않는
목은 창고에 있겠다
천장에 매달려 피 흘리고 있겠다
화장한 눈동자는 새까맣고
속눈썹은 기다랗지만
옷을 갈아입을 때
상처는 또 벌어진다
상처 속의 뼈를 만져보고 싶은데
검게 그슬린 공허
견고해서 불에 잘 녹는 몸
자동차가 쇼윈도를 덮쳤다고 한다

가진 지 2주 된 이름까지 다 벗겨진 몸
종이 상자에 담겨 목 있는 창고로 간다

고척스카이돔과 낙관주의자 엄마

엄마, 잠깐만! 나는 가지 않을래
야구공에 머리를 맞고 죽을지도 몰라

얘야, 그건 1%도 일어나지 않는 일이야
이제 포스트 시즌이야 순위 다툼하는 팀끼리 맞붙는다고
재미있겠지?

아니, 무서워
엄마, 그제 야구공에 맞고 실려간 여자는 어찌 되었을까?
죽은 것은 아니겠지 아마 아니겠지?

얘야, 그건 진짜 1% 우연으로 일어난 일이야
엄마! 세상엔 돌 맞아 죽은 것들이 너무나 많아

얘야, 좀 나와 줄래? 엄마 급해

엄마, 근데 우리 화장실 두 개 있는 집으로 언제 이사 가?

고척스카이돔에 가자니까

가기 싫다고
폭우가 내리잖아

걱정 마 거긴 지붕이 있어

난 그냥 지붕이 무서워
세상엔 지붕 안에서 죽은 것들이 너무 많잖아

얘야, 그건 사실 1% 우연으로 일어난 일이래도!
엄마, 세상엔 1% 우연으로 일어난 일로 죽은 것들이 너무나 많다고!
얘야, 그러니까 고척스카이돔에 가자 거긴 우리 같은 사람들이 많아

엄마, 난 그냥 우리 같은 사람들이 너무 무서워
애야, 넌 정말 귀여운 아이구나 그러니 어서

썸머 가든

우리는 수풀이 우거진 길로 들어섰다
새들의 파닥거림도 없는 울울창창 아래서
안경을 들어 올리면 코끝에
미끄러진 태양이 매달려 있다

눈먼 식용견을 묶어둔 철창
내 키만 한 나무들이 말라 죽는다
녹음은 무성히 새로 자라난 죽음이어서
발밑에 여름이 엎드려 있다
수국 냄새를 맡으면
개의 머리통을 껴안은 기분이 들지

구름이 여러 번 제 몸 접다가 엎질러지는 걸 보았다
바닥은 다시 세워진 벽

개가 놓아버린 눈먼 동공이 나를 본다
자꾸만 쳐다보는데, 어디에서 나를 보는지 모른다

좋은 것만 기억하라던
러시아의 여름궁전

눈을 뜨면 식탁 아래
돌들이 가득하다

우리는 다시
모난 돌의 눈을 피해 걷고 있다

아름답게 꾸며진 정원을 돌면
하늘은 번번이 나를 훔쳐보았다

말한다, 듣는다, 들은 것을 다시 말하기로 한다

선우은실(문학평론가)

이소연의 시를 읽는 것은 마음 어딘가 어둡게 불 켜진 한구석을 바라보는 일처럼 느껴진다. “너는 불 꺼진 도시를 그리고자 했으나 나는 수도원의 작은 촛불을 그렸다”(「키스」)와 같은 문장을 읽는 동안 그 어두운 한구석이 오래도록 꺼지지 않는 작은 밝음일 수 있었음을 먼저 고백한다. 시를 읽으며 화자가 세계를 어둡게 인식하게 된 계기를 더듬어가며 함께 어두워졌다가, 그런 세계에 잠식되지 않고 ‘말한다’고 발언하기로 했을 때 이 한 권의 시집이 막 시작된 그 ‘말하기’의 시도임을 알았다. 누군가가 말한다면 누군가는 들을 것이다. 그리고 지금 그 들은 것을 다시 말해보기로 한다. 그러면 또 누군가는 들을 것이다. 시의 언어가 지닌 이러한 파동을 되새기며 글을 연다.

천천히, 죽어갈, 소녀가, 필요

“천천히 죽어갈 소녀가 필요”하다니, 무슨 의미일까.

나는 천천히 죽어갈 소녀가 필요하다//품이 큰 잠옷을 입고 강가로 간다/쉽게 찢어지고 쉽게 갈라지고 쉽게/입을 다무는 물속 세상으로 들어간다//소녀는 나로 살기 위해/가랑이 밑에서/햇빛 좋아하는 사자使者를 부른다//(…)//죽기 직전의 소녀는/강물이 움켜쥔 그것이/자신의 속옷임을/한눈에 알아본다//없지도 있지도 않은 세상이, 밑에 있다/밑은 이토록 낮은 곳에 있어/물 위에서 일렁이는 검은 얼굴이/물 밑에 있다고 쓴다,

—「밑」 부분

"나는 천천히 죽어갈 소녀가 필요하다"는 말은 언뜻 '나'와 "소녀"가 동일인물이 아님을 의미하는 듯하다. 그러면 "소녀"는 타인일까? '나'와 "소녀"는 쉽게 구분되지 않는다. "소녀"가 "나로 살기 위해" "물속 세상으로 들어"갔다는 독해에 집중해보자. "소녀"가 '나'에 의해 창조되어 물속에 침잠하려 하는지, 그 자신의 의지로 가라앉으려는지는 분명하지 않다. 중요한 것은 "소녀"가 타의('나'라는 타인)에 의해 물속에 들어가든 자기 자신의 의지로 그러하든, 소녀의 행위는 '나'의 의지와 완전히 일치하지 않는 동시에 완전히 분리되지 않

는 상태로 실행된다는 사실이다. 요컨대 '나'가 "소녀"라는 존재를 필요로 하고 그 요청에 의해 "소녀"가 존재한다면 "소녀"는 '나'와 완전히 분리되지 않는 타인이다. "소녀"와 같은 존재가 실재하느냐고 묻는 대신 그녀를 '나'에 대한 하나의 비유로 읽으면 어떨까. 그녀는 '나'를 살게 하지만 그녀가 정말로 죽음을 선택하여 '나' 또한 자신의 어떤 부분을 잃게 된다면? 이러한 추측이 허용될 때 다음과 같은 질문이 따라온다. 왜 "소녀"가 필요하며, 그것도 "천천히 죽어갈 소녀"인가. 그들에게 삶이란 어떻게 감각되기에 이런 죽어갈 존재의 비유가 필요한가.

이소연의 시를 읽는 동안 시선을 자주 주게 된 단어는 죄, 죄악, 재앙과 같은 것이었다. 이 단어 자체가 가진 의미를 독해하는 것보다는 그 단어 옆에 놓인 맥락을 읽는 일이 더욱 중요하겠다. 시인이 유독 죄/죄악/재앙을 호명하고자 할 때 그것이 속죄를 위한 것이라거나 반성과 희생과 같은 것을 말하기 위함이 아님을 발견하는 일은 어렵지 않다. 시 속의 죄/죄악/재앙은 앞서 살핀 "죽어갈 소녀"의 필요성과 연결 지어 볼 때 죽지 않고 살아 있다는 사실과 죄의 관계를 생각하도록 만든다. 무엇이 삶을 견딜 수 없게 만들며 살아 있음을 죄악으로 연결 짓는가. 그리하여 마침내 "죽어갈 소녀"를 요청토록 만드는가. "죽어갈 소녀"라는 비유, 죄/죄악/재앙 등의 이미지, 삶에 대한 인식을 키워드로 삼는 것은 이소연의 시에 길을 내는 한 방법이 될 수 있다. 이를 토대로 죄/죄악/재앙을 키워드로 하는 세계 인식을 살펴보는 일로 걸음을 옮긴다.

'지옥-삶'이라는 인식

> 들판에 쭈그리고 앉아 똥을 싸는 또래의 항문을 본 적이 있다/허물을 벗듯 똥이 그 애를 벗어나는 것 같았다//(…)//침대 위에 벗어 놓은 바지가 있다/허물없이 말하는 사람도 있다//"너는 좋겠다. 얼굴이 하얘서"//수빅에서 만난 Jay는 그 애가 다 자란 모습 같고/나는 자꾸만 그 애의 지옥을 착취한다//(…)//Silence/벽으로부터 깨닫는/Silence/다른, 모든 가능성을 억누르고 살아남은//나는 알지 못한다//죽어간다/Jay를 말하면 Jay가//거짓말 한가운데 깃발이 출렁인다 우리는/오로지 의지만으로 더럽혀질 수 있다
>
> —「철 3」 부분

「철」이라 이름 붙은 시리즈의 시편이 공유하는 '지옥(죄악, 죄 등으로 변주되기도 하는)-삶'에 대한 인식을 중심으로 위의 시를 읽는다. 이 시에서 죄/죄악/재앙의 이미지는 "지옥"이라는 단어로 압축되어 드러난다. 이 "지옥"에 대한 감각이 특정한 상황에만 국한되지 않고 전혀 다른 상황에서 지속적으로 발견됨을 염두에 두며 인용된 시의 첫 구절을 살펴본다. 맥락을 고려하건대 '똥을 싼다'는 행위 자체에 가치판단을 내릴 필요는 없겠다. 문제적 상황은 힘을 주면 빨개지기 마련인 얼굴 사이에서 누군가 나에게 "얼굴이 하얘서" 좋겠다고 말할 때 발생한다. 누군가가 자신의 배설 행위를 목격하고 있다는 일종의 발가벗겨진 상황이 부여하는 부끄러움 또는 수치스러움의 미묘한 감각은 '나'가 '붉은 얼굴'을 가지지 못하고 있음을 누군가가 발견하고 언어화했을 때 뚜렷하게 인식된다. '나'에게 그런 말을 던진 "그 애의 지옥을 착취한다"는 말은 '그 애가 빠져 있는 지옥'이라는 말로도 읽히지만 '그 애가 내게 건넨 말로부터 발현되는 지옥 같음'으로 읽을 수 있다. 후자에 조금 더 힘을 싣는다면 "착취한다"는 것은 "그"라는 존재 또는 "그"가 상기시키는 "지옥"이 자꾸만 '나'의 앞에 펼쳐지는 것으로 이해된다.

이러한 '견디기 어려움'의 감각은 온전히 나만의 것

이 아니다. 가치판단이란 구체적인 상황 속에서 매번 발견되는 것이므로 상황의 유일한 목격자에 의해서 발현되지만은 않는다. 상황에 참여한 모두는 (어쩌면 비율의 차이를 지닐 뿐이면서) 누군가에게 또다시 노출된다. 이때 최초로 느낀 감각은 '문제적 상황'을 떠올리게 하는 누군가의 얼굴을 보면서 다시금 현현된다. 그 발생의 빈도수가 높아지면 세계의 많은 부분을 "지옥" 같다고 인식하는 것이 가능하다. 그러므로 "얼굴이 하얘서 좋겠다"는 발언 그리고 그 상황을 떠오르게 하는 "Jay"의 얼굴에서 '나'는 "지옥"을 읽는다. "지옥을 착취한다"는 말이 "지옥"으로 느껴지게 하는 삶과 연결된다고 할 때 이것이 '침묵'("Silence")으로 변주되는 것이 인상적이다. 어떤 것에 대한 묵인은 서로의 지옥을 착취하는 삶의 연속으로 번져가고, 그러한 상황 속에 살아서 가담해 있는 방식으로 적극성을 띤다. 이렇게 본다면 "오로지 의지만으로 더럽혀질 수 있다"(「철3」 부분)는 말은 일차적으로는 출구 없는 삶으로 읽힌다. 그런데 사실 이 말은 완전히 다른 방향으로 향할 가능성을 지닌다. 삶으로 가담한다는 행위의 적극성을 발휘함으로써 "의지만으로 더럽혀질" 수 있음을 확인했다는 것은 그 역도 성립할 수 있다는 뜻이다. "의지만으로 더럽혀질 수 있다"는 건 적극적으로 가담함으로써 어떤 부분은 더럽혀지지 않을 수 있다는 것. 점점이 연결되어 있는 서로의 수치와 죄를 나눠먹는 삶의 지옥 같음에서 화자는 어떤 "의지"적 방법을 고안하는가.

말하기로 한다

> 친구와 나는 아무도 없는 논두렁에서 할아버지를 만났다/오줌이 안 나와/여기를 좀 만져주련?/더운 바람이 이삭을 훑어댄다/여름이 살을 만지려 달려나온다/만져주렴 곤봉처럼 잡고/그래 그래/오줌이 나올 것 같구나/(…)//(…)//질퍽한 배설물에 발이 빠진 젖소처럼/우리 안을 돌고 돌아서/나는 태어났다/그늘막 아래 젖소들이 지푸라기를 씹어 만든 우유는/죄지은 자들이 입고 다니는 새하얀 옷 같았다//(…)//우리는 도망치며 도마뱀처럼 숨을 쉬었다//똑같은 말을 반복하던/젖소목장 방구 오빠는 물에 빠져 죽었다/장례식장에서/손주를 잃은 그를 만났다/그도 슬픔을 아는구나//똑같지만 똑같지 않은 나의 길을 걸어/오늘은 엄마에게/젖소집 할아버지가 바로 그라고 말

한다

—「우유를 마시며」 부분

오줌이 안 나오니 "여기를 좀 만져주"겠냐는 "할아버지"의 발언은 성추행의 혐의에서 자유로울 수 없다. 이러한 상황에 노출된 적이 있는 "친구와 나"에게 세계는 폭력적인 것으로 인식되었을 가능성이 충분함을 유념하고 다음 문장을 보자. 불쾌한 성적 접촉을 요구한 노인과 마주친 뒤 전개되는 문장에서 "젖소"와 "우유"는 노인을 상시 떠오르게 하는 실제적 매개체이다. "젖소목장 방구 오빠"가 물에 빠져 죽자 "손주를 잃은 그를 만났다"는 구절에서 "그"는 "할아버지"이며 따라서 '젖소목장-방구 오빠-방구 오빠의 할아버지-나와 친구가 마주쳤던 할아버지'의 연속선이 성립된다. '젖소'가 노인 및 노인과 있었던 아주 불쾌하고 부당한 일을 떠올리게 한다는 점에서 "젖소들", "우유", "죄지은 자들이 입고 다니는 새하얀 옷"과 같은 구절은 구체적 현실인 동시에 '나'에게 폭력적 경험을 상기시킨다는 점에서 비유적이다. 죄/죄악/재앙의 주제는 이처럼 구체적 현실을 연결하는 매개체로서 비유된다.*

---

* 시집에서 곧잘 발견되는 흰색의 이미지는 물론 개별적 시편의 맥락에 따라 조금씩 다른 의미를 지니지만 '죄' 이미지의 변

'나'에게 벌어진 사건은 충분히 세계를 죄악이 가득한 부정적인 곳으로 인식하게 할 만한 것이다. 그런데 '나'의 세계에 대한 인식은 단순히 '나쁜 세계'에 그치지 않는다. '나'는 이후 손자의 죽음에 슬퍼하는 노인을 보고 "그도 슬픔을 아는구나" 생각한다. 여기에서 '나'가 이해한 것은 '슬픔' 자체인데 이 말은 '노인의 슬픔'을 이해한다는 의미와 동일하지 않다. '나'는 "슬픔"을 보기 전 노인의 부당한 요구에 의해 펼쳐진 폭력적 상황을 겪은 뒤 "도망치며 도마뱀처럼 숨을 쉬었"다고 말한다. 자기에게 그런 요구를 하는 자로부터 도망친 '나'는, '나'와 "친구"를 늪 같은 현실에 빠뜨린 노인이 슬퍼하는 모습을 보며 비로소 자기가 처한 상황으로부터 어떤 슬픔을 발견한 것은 아닐까. '슬픔'의 목격

형으로 드러나곤 한다. 이 시는 '죄-흰 것'의 이미지를 뚜렷하게 드러내는 시 중 하나이다. '흰 것-죄'의 이미지와 관련하여 이 시와 엮어 읽을 수 있는 다른 시는 「흰 집」이다. 일부를 인용해둔다. "몸이 더 자랄 수 없도록/움츠려 올린 어깨들,/심장도 신장도 메말라가지/급기야 소화가 잘 안 된다/시달리고 있다**/균형 잡힌 저 드레스의 자세야말로 재앙이다//재앙을/새하얀 양이라고 말하는 자가 있었다**/(…)//친친 휘감기는 몸들이 있어/뼛속까지 타들어가는 한시적인 황홀/드레스는 뒤꿈치에서 피가 새는지도 모른다"([강조-인용자], 「흰 집」 부분).

(자기 내부에서 발견되는 슬픔이라는 차원에서)은 '나'에게 어떤 행위를 하도록 만든다. '나'는 "오늘은 엄마에게/젓소집 할아버지가 바로 그라고 말한다"는 구절에서 "오늘"과 "말한다"는 시제가 현재성을 띤다는 것을 눈여겨보자. '나'는 죄로 가득한 세계에 대한 인식을 여전히 지니면서 이제 그것으로부터 도망가지 않고 지금 여기에서 '말한다'.

> 정수리부터 갈아 넣지 않으면/어떤 말은 영원한 비밀이 되곤 했다//말 할수록 죽는 사람이 있다면/아무도 받아 적지 않아서일까?//(…)//굴러다닐수록 함부로 쓰였다/누구도 그 말을 듣지 못했다/지하에서 꺼내온 말은 자주 지워졌다//(…)//머리가 벗겨지고/뇌가 갈리고/입이 사라진다//하지만 사랑하리라/기필코 사랑하리라//(…)//뾰족해지고 싶다는 건/다시 살아보고 싶다는 것//생각이 몽땅해진다/비밀이 더러워졌다
>
> —「연필」 부분

'말한다'는 것의 의미를 헤아려봄에 위의 시를 참조한다. "아무도 받아적지 않"기 때문일 것이라는 짐작

을 근거로 하여 "말 할수록 죽는 사람"에 대해 생각할 때, 말하는 주체는 화자 자신과 유관하다. 즉 "말 할수록 죽는 사람이 있다면/아무도 받아 적지 않아서일까" 하는 질문에 아무도 '나'의 발화에 귀 기울이지 않아 말할수록 죽는 자신 그리고 자신의 말하는 행위가 기입된다. 그런데 이런 우려에도 불구하고 화자는 계속 말하고자 한다. "자주 지워"지는 말이 되더라도 말하기라는 행위 자체가 "다시 살아보고 싶다"는 의지의 표상이기 때문일 것이다. 이 시를 비롯한 여타의 시에서 발견되는 '말하기'의 행위가 살아 있음을 확인하는 것, 다시 살고자 하는 용기를 가지는 것임을 본다. 이러한 '말하기'는 '나'에서 시작하여 바깥의 존재로 확장된다.

> 접시는 입을 쩌억 벌리기 위해서 존재한다/할머니로부터 엄마로부터 나로부터 접시는 존재한다//식탁 위에는 접시들이 많아 조금은 재미나고/조금은 단순해진다 그러나 접시는 한 가지의 표정을 가진다/깨끗한 접시일수록 입술이 많고/자주 더럽혀진 접시가 가진 거라곤 깨끗한 죽음밖에 없다//(…)//얼굴을 가진 접시를 먹는다, 저녁 식탁은 접시를 이해할 수

없고//내겐 다물어지지 않는 입이 필요하다

—「접시는 둥글고 저녁은 비리고」 부분

"접시는 입을 쩌억 벌리기 위해서 존재"한다는 구절의 바로 뒤에 그런 접시가 '나'를 비롯한 여성의 계보를 통해 존재한다는 문장을 여러 가지로 읽어 본다. 문자 그대로 읽었을 때 입을 벌리기 위해 존재한다는 접시란 누군가가 "입을 쩌억" 벌리고 음식을 먹기 위해 소용되는 어떤 것이라 읽을 수도 있겠다. 그런데 이 뒤에 따라오는 문장에서 "할머니로부터 엄마로부터 나로부터 접시는 존재한다"는 구절은 그들이 그것을 먹기를 필요로 한다는 것만을 의미하지 않는다. 그들이 접시의 존재를 보증한다는 말과 누군가가 접시의 음식을 먹는다는 두 상황 사이에는 누군가 그 접시에 음식을 채워놓았다는 사실이 전제되어 있다. 그것은 물론 "나", "엄마", "할머니"를 위한 접시 위의 음식이기도 하겠으나 그렇지 않을 수도 있다. 문제는 "나"와 "엄마", "할머니"가 접시를 존재하게 하는 사람이라면 그 접시를 채운 주체로 읽힐 가능성이 크다는 데 있다. 그들의 노동으로 마련된 '접시'라고 읽는다면, 접시가 "입"을 가지고 있으며 '나'에게 "다물어지지 않는 접시가 필요하다"는 것은 비로소 '나'를 비롯하여 "엄마"와 "할머니"가 (어쩌면 그 접시를 채우는 노동 행위와 관련되었을지도 모를) 무언가를 말하기로 했다는 의미를 얻는다. 그녀들**의 노동으로 증명되는 "접시"의 존재, 그리고 그 접시로부터 벌어지는 '입은 다만 먹기 위해 벌어지는 것이 아니라 말하기 위해서도 벌어진다. 시집에서 '말하는' 것, '말하기로 한 것'의 저변은 이와 같은 방식으로 발견된다.

말한다면 들을 것이다

> 국기를 든 자들에겐 모든 것이 투쟁으로 보인다//몸에 멍이 든다//영혼에 파랑 물이 들어 줄줄이 꿰인다//매일을 견디지 못해 죽고 싶은 달 같다//(…)//그냥 바라만 봐야 하는 폐허만이 현재다//(…)//국적불명의 문명이 활개 치는 야경은//독재자의 오르골에서 나온 것처럼 유한하다//(…)//제발 살려만 주세요//제발

** '나'의 성별이 시에서 분명하게 표기되어 있지 않아 명확하게 여성 계보의 인물들이라 단언할 수 없음은 사실이다. 분명하게 '여성'이라 명기되어 있지 않아서 '나'를 여성이라 확신할 수 없는 것과 같은 만큼의 확률로 이 인물을 여성으로 읽을 수 있을 가능성에 초점을 맞춘 독해임을 감안해주시기를 바란다.

잠 좀 자게 해주세요//우리는 국가 없는 사람이 아니에요//아니 국기만 있고 국가 없는 사람이 맞아요//적에게 발이 묶여 본국에서 썩은 나무 취급을 받았어요//우리는 난파된 사람, 아니 묘지 없는 무덤이랍니다//(…)//먼지투성이의 삶을 살았어요//가난한 집엔 별이 모여 이야기를 듣고 있었거든요//기름을 구하러 간 어머니가 돌아오지 않는 저녁이었어요

—「문 없는 저녁-Angeles City 2」 부분

이 시를 읽으며 최근 베를린에서 보았던 전시의 한 장면이 떠올랐다. 아쉽게도 자품명이나 작가는 기억나지 않는다. 작품은 여러 편의 비디오 클립을 좌우 일렬로 늘어놓은 것이었다. 사람들의 외침과 파열음이 뒤섞인 위협적이고 혼란스러운 소리가 났다. 그곳에서 만난 미술관 가드는 그 작품에 대해 짧게 설명했다. 그 영상은 팔레스타인과 이스라엘 사이의 분쟁을 두고 청년들의 시위 장면을 실제로 촬영한 것이라고 했다. 실제로 각 영상을 들여다보는 것도 두려웠지만, 고함과 총격 소리가 들려오는 영상들이 서로를 마주 보도록 배치되어 있는 좁고 짧은 복도에 걸어 들어가는 것조차 망설여졌다. 만약 그 작품이 '현장'이라는 이름

으로 날것의 선정성을 감수하면서 어떤 메시지를 전하고자 했다면 그것이 하고자 했던 '말'은 무엇이었을까. "제발 살려만 주세요//제발 잠 좀 자게 해주세요//우리는 국가 없는 사람이 아니에요" 하는 문장들은 아직 완전하게 헤아리지 못한 그 작품의 메시지와 맞닿아 있는 것만 같다. 세계 곳곳, 한국 내부, 그리고 한 개인의 내면에서 발생하는 문제들은 자세히 들여다보면 조금씩 다른 얼굴을 하고 있을 것이다. 그런데 그 얼굴들이 짓고 있는 어떤 표정들이 서로 닿고 닿아 하나의 거대한 표정을 향해 가는 것은 아닐까. 역으로 말해 거대한 표정 안에는 조금씩 다른, 그러나 그 '거대한 표정'으로 압도되는 어떤 문제적인 감각을 공유하는 얼굴들이 있다는 생각이 든다. 중요한 것은 그것이 작은 얼굴로 존재할 때는 잘 보이지 않았다가 여러 문제들과 얽히며 거대한 얼굴을 가지게 되면서 비로소 '문제'로 인식될 수 있다는 점이다. '거대한 얼굴'을 누군가는 보게 된다. 그 거대한 것을 자세히 들여다보면 처음에는 안 보인다고 생각했던 작은 얼굴들도 보게 될 것이다. 이 이야기를 이소연의 시에 겹쳐보자. 이 시집에서 유독 눈에 띄는 장시의 형태를 한 위의 시에서 문득 "국가"가 언급될 때, 나는 저 거대한 세계의 문제와 관련된 전시를 떠올린다. 시의 끝에 "기름을 구하러 간 어머니가 돌아오지 않는 저녁"에 "가난한 집엔 별이 모여 이야기를 듣고 있었"다는 광경으로 좁아질 때, 나는 다른 시에서 본 "소녀"에 대해 생각하고, "할아버지"에 대해 말하는 '나'를 떠올리고, "접시"와 "엄마", "할머니"를 다시 발음한다. 나는 독자로서 "이야기를 듣"는 사람이었다가 다시 이렇게 말하는 사람이 된다. 시는 말하고 나는 듣는다. 시집의 많은 '나'들이 말하고자 한다면 들을 것이고 들은 것은 다시 말해질 것임을, 나는 시 속 '나'들에게 이와 같은 방식으로 말한다. '나'들의 말하기는 무용해지지 않을 것이다.

나는 천천히 죽어갈 소녀가 필요하다
2020년 2월 28일 1판 1쇄 펴냄
2024년 11월 8일 1판 4쇄 펴냄

지은이 이소연
펴낸이 김성규
책임편집 김안녕
디자인 김동선
펴낸곳 걷는사람
주소 경기도 용인시 기흥구 동백중앙로 358-6, 7층(본사)
서울 마포구 월드컵로16길 51 서교자이빌 304호 (지사)
전화 031 281 2602 / 02 323 2602
팩스 02 323 2603
등록 2016년 11월 18일 제25100-2016-000083호

ISBN 979-11-89128-72-2 [04810]
ISBN 979-11-89128-01-2 (세트)

* 이 책은 2019년 한국문화예술위원회 문화예술진흥기금의 지원을 받았습니다.